LA

CIVILISATION

EN 1867

Par J.-F. LAFFITE

Architecte

—

DEUXIÈME ÉDITION

Revue et augmentée

—

TOME DEUXIÈME

PARIS

EN VENTE CHEZ L'AUTEUR, RUE TAITBOUT, 16,

LES OPUSCULES IMPRIMÉS :

La Civilisation en 1867, la Sculpture moderne, l'Architecture contemporaine.

1869

Et toujours ce besoin à leurs instincts commande.
Signalons les moyens que ce progrès demande.
Les pensers sont divers, les avis discutés :
Ici, prévaut le temps, le frein des libertés ;
Là, l'ensemble des droits, l'universel suffrage.
Il est des mœurs, des lois, évidemment l'ouvrage
Que de l'esprit humain les travaux ont formé.

SENS ET ESPRIT.

Tout être en lui recèle un principe animé
De tous ses mouvements condition première,
Qui s'enfuit invisible à son heure dernière.
Dans l'homme possédant un corps et un esprit,
L'intelligence accroît le feu qui le nourrit ;

Imparfaits instruments, les sens pour l'exigence
Sont façonnés, polis selon l'intelligence;
Elle jouit du droit de législation
Comme les sens du droit d'administration.
Or, le mécanicien, les yeux sur sa machine,
Voit dans son mouvement le défaut qui domine;
De chocs, de frottements les membres trop chargés
Sous les règles de l'art sont aisément rangés.
Intelligence active et volonté facile
Retiennent les esprits par un lien docile,
Et, de leurs mouvements secondant les transports.
Pour le bien général partagent leurs efforts.

IDÉE CHRÉTIENNE.

L'esprit humain, poussé dans un élan suprême
Vers les réalités, se révèle à lui-même;
Il travaille; tous les sujets sont agités;
Il recherche ardemment la loi des vérités.

Les peuples, que la Grèce a fondus avec elle,
Se transforment. Tout cède à la loi naturelle.
De la société l'abaissement moral
Se joint en même temps au changement légal;
Sa résurrection est la nouvelle IDÉE.
Les scribes, l'accusant de folie obsédée,
L'accablent d'un courroux qui du peuple surpris
Occupe tout à coup les yeux et les esprits;

Aux disciples ravie et soudain dépouillée,

Ils l'ont fait garrotter et puis l'ont flagellée;

Ils lui mettent en main un sceptre de roseau,

Sur la tête, en couronne, un épineux rameau.

Pour donner à sa mort le cachet exemplaire;

Ils l'emmènent de force au sommet du calvaire,

Une croix sur le dos; pour combler le forfait,

Entre deux vils larrons l'attachent au gibet.

L'opprobre va couvrir ce supplice cynique,

Ils disputent au sort sa modeste tunique:

La dérision suit, l'obscène est proféré

Sur un front qui sera des peuples adoré.

Au tombeau descendue et la pierre affleurée,

Ils l'ont fait entourer d'une garde sacrée;

Mais, au moment prescrit, du sépulcre elle sort;

La Victoire écartant et la pierre et la mort;

Soudain, l'Idée au ciel remonte triomphante,

Retenant dans ses bras, pénétré d'épouvante,

Le Monde qu'un supplice atroce, détesté,

Avait divinement conquis et racheté.

Ce fait surnaturel d'une vertu profonde

A rempli les esprits et la foi les féconde.

L'homme le développe au milieu des malheurs;

La souffrance l'éprouve, ainsi que les douleurs.

MOYEN AGE.

La pensée abordant des mortels le bien-être,
Des superstitions sape la raison d'être;
La lutte va s'ouvrir contre les préjugés,
Fanatiques agents, de vieux abus chargés,
Contre le despotisme, ignorance et misère
Qui de tous les défauts est le fond délétère.
Du moyen âge dur sondant les profondeurs
Et des siècles éteints découvrant les lueurs,
De l'antique flambeau elle vit éclairée,
De la religion prend la robe sacrée;
Dans l'esprit qui renaît à la combinaison,
Elle va se changer sous le droit de raison.

RAPPORT ENTRE LE PASSÉ ET LE MOYEN AGE.

Mais de la liberté le bienfaisant génie
Ranime par degrés la terre rajeunie;
Et le progrès humain, cherchant l'appui des lois,
De la société vient mesurer la voix.
Les vices, des mortels dangereux adversaires,
Cèdent pourtant le pas aux vertus salutaires.
Le sentiment de l'art du Grec est le lien;
La croyance, la foi du Barbare est le bien.
Ces profondes vertus, dont la gloire s'efface,
Dans le cœur du pays ont imprimé leur trace
Et ces inventions qui surtout l'ont instruit,
Ont fait germer des biens, ont répandu leur fruit.

L'œuvre grecque est parfaite, en des bornes placée;
Elle unit dignité, grâce, forme et pensée.
L'œuvre chrétienne extrême en son invention,
Rêvant l'immensité, trouve l'ambition
Qui dresse sur ses pas d'invincibles obstacles
Et ne lui permet point d'accomplir ses miracles;
Ses immenses travaux, d'âge en âge avivés,
Offrent de beaux détails, mais sont inachevés.
Ainsi, de l'idéal quelle que soit l'orbite,
La nature prétend qu'elle soit circonscrite.

RENAISSANCE.

L'esprit marche à pas lents; d'abord inanimé,
Il grandit doucement; le voilà transformé.

Descartes naît; par lui la vérité s'avance.
Il décrit une base, y trace l'évidence.
Rien ne peut arrêter cet aigle audacieux :
Du centre de la terre à la voûte des cieux
Tout élément soumis à son puissant génie
S'épure aux vérités que le dogme renie;
Un chemin nouveau s'ouvre à l'art de rechercher.
L'éloquent Bossuet s'efforce d'arracher
L'Église gallicane à cette dure chaîne
Tramée habilement par l'Église romaine.
La voix de Montesquieu sait prôner à la fois
L'amour des nations et le respect des lois;

Et des peuples scrutant les coutumes anciennes,

Sait pour le genre humain dicter des lois humaines,

Exerçant pour le bien une sévérité

Lente, équitable, utile à la société;

Les ruines enfin du régime gothique

Laissent la liberté civile et politique

Fixer ses fondements sur un sol épuisé :

Du trône et de l'autel le char était brisé.

Alors, le droit légal est une garantie,

Fait du nœud social une nouvelle vie;

La foi devient raison; tous veulent remarquer,

Connaître les devoirs qu'ils doivent pratiquer.

Révolution de 89.

ÉTAT MODERNE.

La pensée agit, croît; les diverses doctrines
Sont soumises au frein des sages disciplines.
Elle les assouplit par un soin médité,
A la sublime loi de la continuité,
Et les réactions successives, contraires,
Confirment ses efforts utiles, nécessaires;
Des systèmes divers naît la solution
Qui de l'esprit humain nous prouve l'action.
L'éclectisme choisit dans tout, science, histoire,
Philosophie; aidé de la docte mémoire,

Après de longs efforts l'esprit le mène enfin
A l'âme que nourrit le sentiment divin,
Au juge conscience, haut intermédiaire
Entre le Monde et Dieu, du droit l'auxiliaire,
Céleste par son être en la divinité,
Terrestre par le corps de limon cimenté.
Vers la tradition il vogue à pleine voile,
S'empare des trésors que son regard dévoile,
Par la réflexion arrive à maîtriser
L'inconnu dans les corps qu'il veut analyser.
D'un principe éternel il reconnaît l'essence ;
Dans les êtres créés qui sont en sa présence,

Il trouve le pouvoir d'une religion,
D'une morale acquiert la claire notion.
A la réflexion les routes sont ouvertes;
La découverte va suivre les découvertes;
Ce sont des notions, des lois, des vérités;
Elle pénètre aussi le champ des libertés;
Dans les jours de péril elle se manifeste,
Et dans tous les sujets sa lumière s'atteste.
Elle examine encor des cieux l'immensité,
Prend des lois qu'elle applique avec conformité,
Excite chaque jour l'intelligence humaine,
Cultive, fait valoir et grossit son domaine.

Pour elle c'est le feu toujours alimenté
Comme le mouvement du corps est la santé.
Cette action qui va, revient sur elle-même,
La raison, révélant par un effort suprême
Son essence, ses droits, dévoile les abus;
Et le vrai dans les lois descend de plus en plus.
De l'invisible Dieu souveraine interprète,
Elle voit en sondant des secrets la retraite :
Soit dans l'amour du bien la vertu de prévoir,
Soit dans la volonté la force de pouvoir.

De la création la base est la matière,
Là travaille, à l'instar de la cause première,

Un ferment, un esprit, signe de dignité,
Pour l'homme social fleuron de royauté,
De la moralité libre dépositaire,
De l'éducation principe salutaire.
Comme la mer du ciel reflète les aspects
De même la pensée en ses replis secrets
Du monde réunit les phases ondoyantes,
Pour la société passions attrayantes.
Le crayon par le trait exprime avec grandeur
Les nobles sentiments, les actions du cœur,
Célèbre avec fierté les exploits héroïques
Et pare de douceur les vertus pacifiques.

Le pinceau les éclaire et leur donne l'attrait
Qui frappe le regard, charme l'âme et lui plaît.
Si le ciseau d'un corps les revêt, les anime,
Le marbre travaillé rend le vrai, le sublime.
L'architecte, à son tour, emprunte leur beauté
Qui donne à son dessin le ton de majesté.
La science apparaît, à tout sujet s'allie,
Fouille les vieux destins, y rencontre la vie,
Explique avec clarté les dons surnaturels,
Les doutes sociaux par des faits naturels;
Au commerce fournit le courant électrique,
La vapeur; au labour l'analyse chimique

Et l'outil qui soumet l'âpreté des terrains;
A l'industrie enfin, la gloire des humains,
A ce progrès récent, les machines fertiles
Qui donnent un surcroît double aux forces utiles;
La matière est domptée, alliée aux beaux-arts;
Ils suivent nos besoins, brillent de toutes parts.

ACTUALITÉ.

La pensée intervient. Libre initiative
Et libre concurrence à sa puissance active
Servent des aliments. Du régime brutal
L'une sape la loi; l'autre du social

Serre le nœud, comptant sur la force normale
De la démocratie hautement libérale,
Principe essentiel de nos jours respecté,
Qui touche à tous les points l'humaine activité;
Que le monde moderne à la loi souveraine
Ne cesse d'aspirer! cette fin est prochaine.

La science devient le ferment précieux
Et du pouvoir civil et du religieux :
Religion, science ont un principe unique,
Dieu veut pour ses appuis un amour identique;
Son œuvre est l'unité. Donc, tout doit concourir
Au but mystérieux dont il veut la couvrir.

Le principe vital meut la nature entière;
Symétrie, adhérence, attributs de matière,
Des types variés commencent le soutien,
Et d'autres plus complets achèvent le lien.

Dans la philosophie en tout matérielle,
D'un Dieu n'admettant pas la cause essentielle,
L'intelligence observe une négation;
La conscience arrive à la consomption,
Et l'esprit social de l'action humaine
Comme du libre arbitre amoindrit son domaine.
La nature vers Dieu poussait l'antique instinct;
La science en fournit le sentiment distinct,

Et parmi les humains d'elle sortis en foule
Clairement aperçoit d'où la source découle,
Découvre lentement vertu, moralité
Et même le lien de la fraternité.
Par son œuvre l'esprit récolte de la gloire,
Et de la découverte il fête la victoire.
Ainsi, donnons aux mœurs de vertueux agents;
Choisissons les mortels les plus intelligents.
Le signal rédempteur de la manufacture
Fut la machine-outil qui sert la filature.
Pratique, théorie, inséparables sœurs,
De la société partagez les labeurs

Vos soins développés dévoileront la ruse,
Grande étude du jour que le fripon accuse.
Prospérité, bien-être à l'obligation
Doivent du citoyen mener l'instruction.
Alors qu'il a franchi des castes les barrières,
Il faut du champ conquis assurer les frontières.
Disciplinons l'enfant qui fait le citoyen ;
En élevant l'esprit on fait l'homme de bien.
Le progrès veut en tout culture continue ;
Et plus l'intelligence en sera soutenue,
Plus l'homme apercevra naître en lui ces transports
Que donnent les succès produits par les efforts.

L'intelligence entend devenir souveraine;

Sa noblesse est du cœur la délicate chaîne,

Ses titres sont les biens à l'âme précieux,

Le mortel les vénère, ils descendent des cieux.

La science est ce pain qui nourrit cette flamme

Et devient pour l'esprit un vivace dictame.

Dieu lui-même a voulu lui donner ce chemin

Et pour grandir sa foi l'ajouter au divin.

Droit, travail et devoir, respect du saint, du juste,

L'utile et l'idéal avec la forme auguste

Que traitent noblement la poésie et l'art,

Ainsi que la science attestent l'ample part

Qu'à l'humaine pensée offre cette semence.
Une ellipse décrit, borne ce champ immense.
Dans un foyer l'on voit résider seulement
La pure vérité, la foi, le sentiment,
Et dans l'autre briller les vérités soumises
Aux calculs de nos sens, aux faits, aux analyses.
A l'homme de puiser dans cette région
Les germes différents, du cœur la notion.
Pénétrer plus avant c'est sonder les abîmes ;
A Dieu sont réservés les mystères sublimes.
Que notre esprit borné respecte son secret,
Sa raison se révèle en ce double bienfait.

RAPPORT ENTRE LA SCIENCE ET L'ART.

La science produit d'une façon normale
Le développement de la vigueur morale
Par des travaux suivis, des services constants;
L'instantanéité dans les rapports distants,
La circulation, plus active et plus sûre,
Témoignent d'un progrès que chaque jour assure.

Les beaux-arts, peu jaloux de l'exemple avancé,
Consultent, mais en vain, un illustre passé;
Dans les efforts privés on n'en voit pas la trace,
La ferraille reluit de miroitante crasse,

L'aspect du magasin somptueux dans son huis
Sur les larges volets offre le cambouis.
Pour célébrer un fait avec magnificence,
Le fini du travail brille et non la puissance.
L'avide soif de l'or absorbe le talent,
La médiocrité rend le bon désolant.
Un théâtre où n'est point la forme symbolique,
Peut-il bien honorer la divine musique;
De fades attributs et leur vive splendeur
D'une pauvre pensée éteignent la lourdeur.
La végétation abondante et fleurie
Ne saurait établir la raison de sa vie.

Ce signe empreint de la civilisation
Que porte l'industrie en son invention
Et ce juste lien de l'antique doctrine
Avec les mœurs du jour lequel des traits domine?
Mais chez les Athéniens, que l'art passionnait,
Au Prytanée admis le talent seul planait;
Dans leurs nobles travaux, œuvres de patience,
Brillait avec splendeur la sublime éloquence,
De la pensée alors l'humaine invention
Traduisait des hauts faits l'émouvante action.
Aussi, l'opinion, exigeante interprète,
Témoignait son bonheur d'une voix satisfaite.

CHAPITRE II.

Libre initiative, Fraternité.

En l'an soixante-sept, le trait surtout primant
Du dix-neuvième siècle accuse un sentiment,
La solidarité, caution fraternelle.
La science devient l'étude universelle,
Ce travail dont l'attrait tient de l'utilité ;
Et l'application de la diversité
Réunit les mortels. Son but est de produire
De la force motrice et de la reproduire,
De la transmettre enfin à d'appareils centraux
Qui doivent promptement opérer les travaux.

Mais du progrès tardif que le besoin enfante,
La conservation veut la route prudente.

Oui, chez l'homme moderne, excité vivement,
On voit agir le vice, et non l'égarement :
Libre aux désirs, la vie est pénible et sévère ;
S'il sert ses passions, le besoin les tempère.
Dans l'offre et la demande où se règle l'amour,
Le tarif vient marquer le service du jour.
Ce trafic usuel est du luxe l'ouvrage.
L'abaissement moral, fruit d'un vieil héritage,
Accompagne à jamais la prodigalité.
Mais la morale, au moins, garde sa pureté.

Ce doute dans les mœurs qui frappe le légiste,
Peu d'erreurs, de vertus signale au moraliste.
La loi des citoyens maintient l'égalité,
Fait régner la justice avec la liberté.
Il faut aux bonnes mœurs, pour être conservées,
De l'éducation les allures privées :
Les travaux de l'esprit font la virilité,
La pensée affranchie aime l'humanité,
De la religion, de la philosophie
Les mutuelles voix que l'accord justifie
Viendront prôner l'amour ; alors de l'unité
Sortira le flambeau de la fraternité.

L'homme, de l'âpre sort voulant sa délivrance,
Cueille dans le contact d'une dure souffrance
Les plus utiles fruits de l'éducation ;
Son âme plane alors sur toute passion.
Ces esprits de grand cœur, de noble caractère,
Qu'on voit de loin en loin surnager l'onde amère
Du monde, se sont vus par le sort occupés
Et par la main de l'homme aveuglément frappés.
Mais les maux endurés dans leur lutte fatale
Les portent au sommet de l'échelle morale,
Calment en même temps leur honneur frémissant
Et leur donnent encore un ressort plus puissant.

Ainsi, le ciel obscur, recélant les tempêtes
Que les contraires vents assemblent sur nos têtes,
Après l'orage affreux que l'Aquilon détruit,
Resplendit aux rayons du soleil qui le suit.
Quand de l'intelligence un rayon salutaire
Montre à l'homme une route à ses désirs contraire,
Son quotidien labeur tend par un vif effort
Sur les nécessités à se mettre d'accord,
Son courage grandit. Mais, ô misère extrême!
Il ne réussit point à faire ce qu'il aime.
Il doit recommencer, étouffer ses dégoûts,
Sur la nature humaine arrangeant tous ses goûts.

A sa vitalité son cœur reste fidelle,
Mais à ses volontés il la trouve rebelle.
Le travail, ce levain de la société,
Par ses moyens conduit à la félicité.
La liberté concourt au bien-être fragile,
Soutient l'ardeur qui rend tout effort plus facile;
Elle entretient, répand la bienheureuse paix
Pour améliorer, provoquer le progrès.

Suffrage universel, puissante sauvegarde
Du citoyen! les droits confiés à ta garde,
L'enseignement, la presse et la réunion,
Servent de triple base à ta fondation.

Des besoins sociaux tu réclames l'urgence,
Tu donnes pour ce but du droit la diligence;
Ton pouvoir élargit les institutions.
Les intérêts, les mœurs suivent tes notions.
Pour éviter la lutte incertaine, alarmée,
Ils prennent de la paix la route accoutumée;
Et l'on voit la vigueur des partis s'adoucir,
Les préjugés tomber, la clameur s'éclaircir,
La tribune éloquente et la presse soigneuse
Cesser de se livrer à la voix périlleuse
De la démocratie, aux écarts odieux
De révolution où l'ordre sous nos yeux

Avec la liberté voit altérer sa vie,
En cédant à regret le pas à l'anarchie.
Cette charte nouvelle offre au concitoyen
Le noble sentiment du devoir et du bien,
De l'âme anéantit les cruelles blessures
Et du cœur irrité fait taire les murmures.
L'état civilisé brille d'une splendeur
Qui dans l'égalité va puiser son ardeur.
Ce droit démocratique à l'esprit salutaire
Garantit le travail réciproque et prospère,
Fortifié toujours entre les citoyens
Par les libres débats qui serrent leurs liens;

Dans les opinions règne la confiance
Chacun de son égal respecte la croyance.
 Dans la démocratie avec la liberté
Les communs intérêts veulent l'égalité.
La vérité des lois constitutionnelles
Exclut la volonté des mœurs officielles.
De toute question pour recueillir un bien,
Il faut asseoir sa base, en suivre le lien.
Quel est d'un libre état la force de la vie?
C'est de donner aux lois l'égale garantie :
Par les lois s'établit le principe du droit,
Par la sage équité l'exercice s'accroît.

Qu'elle soit satisfaite, indécise, haletante,
Des citoyens la vie est toujours militante.
Il faut vouloir pour tous le juste en action,
De la vérité seule offrant l'expression.
La voix de l'électeur doit être indépendante;
Alors l'opinion qui surgit triomphante,
S'incarnant au pouvoir, retrempe le moteur
Qui transmet au pays son effet bienfaiteur,
Le progrès exigeant frappe l'indifférence;
Des charges de l'État prêche la délivrance,
L'association est sa vitalité,
L'accord des citoyens fait sa sincérité.

Tout concourt à ce but; et dans la politique
Réforme, économie, instruction publique,
Pénètrent les esprits. De la société
L'apaisement alors devient fraternité,
Et de l'opinion les vagues trop pressantes
Viennent à se briser sur ces digues puissantes,
Les intérêts de tous qui vivent satisfaits:
Ces appuis du pays sont scellés dans la paix.

LE CITOYEN LIBÉRAL DÉMOCRATIQUE.

Le nouveau citoyen voit partout la patrie;
Sa famille aujourd'hui s'appelle humanité.
Malgré sa destinée il veut durant sa vie
Pratiquer la fraternité.

L'ambitieux prudent fait entendre des plaintes.
Son cœur ne peut souffrir la résignation.
De ne point réussir ce sont les seules craintes.
Qui tourmentent sa passion.
Dans le pouvoir perdu c'est la patrie absente!
Tout à ses noirs chagrins vient servir d'aliment.
Au citoyen l'exil, la fièvre consumante
N'ôtent pas le contentement.
A l'innocence il doit l'heureuse quiétude
Dont le secret profond vit libre dans son sein.
La persécution, la triste ingratitude
Viennent d'un serment faux et vain.

Désormais, attendons la lutte sérieuse
Entre la conscience et l'abjecte fureur;
Les assauts repoussés, elle est victorieuse
De l'injustice, de l'erreur.

Pour le monde moderne étincelante étoile,
La vertu doit régner; c'est le salut, l'espoir
Des aspirations dont le mobile voile
A pour symbole le devoir.

Il trouve en chaque ciel concitoyens ou frères,
Partage leurs ennuis, les couvre de ses pleurs.
Ici-bas, les grandeurs ne sont que passagères
Et ne causent point ses douleurs.

Où l'on voyait briller la grandeur disparue,
La liberté renaît; des faits la notion
Occupe la pensée, en ses droits accourue,
Et fait triompher l'union.

Elle montre à nos yeux les maux et les alarmes,
Confesse à notre esprit tous les ennuis secrets,
De l'ordre et du travail lui dévoile les charmes
Où l'on recueille les bienfaits.

La morale assoupit nos mortelles blessures;
Le vrai dont notre cœur est alors revêtu,
Consume lentement nos passions impures
Pour n'y laisser que la vertu.

Aux grands de se choquer, disputer de richesse !
Son œil calme les voit s'agiter follement,
Combattre d'insolence ou lutter de bassesse
Pour se grandir confusément.
Il poursuit le méchant d'un mépris légitime,
De vénération le frère malheureux ;
Sa joie est de le voir accueillir son estime
Et sourire encore à ses vœux.
Il lui donne, en ami, ce pain, cette substance
Qui pourvoit faiblement à ses besoins divers,
Et cet appui soutient, raffermit l'espérance,
Cette flamme de l'univers.

Il est par son amour à ses frères propice.

Toute publicité se renferme en son cœur.

Les biens sont partagés. L'éternelle justice

Console toujours le malheur.

L'esprit méditatif puise pour la vengeance

Ses traits dans la vertu, tourment de l'imposteur;

A sa gloire suffit pour toute récompense

La honte du persécuteur.

Maître de ses penchants et domptant les misères,

Il sait trouver en lui cette sérénité

Qui pose fièrement les bornes nécessaires

Aux efforts de la lâcheté

La vile ambition et les voix immortelles
Ne peuvent habiter dans le même séjour.
Sans cesse étincelant de ses fleurs les plus belles
Le berceau rit à son amour;
Mais auprès de la tombe où la forme séjourne,
Les yeux du citoyen se mouillent de regrets;
A l'invisible l'âme invisible retourne
Au travers des chemins secrets.

CONCURRENCE.

De la libre action provient la concurrence;
Les rigueurs de la loi refrènent sa licence;
Elle livre partout du travail les produits
Et les consommateurs en prélèvent les fruits;

Son développement prend des allures vastes

Dont les effets seront le plus, le moins néfastes.

L'utile capital ne voit que ses apports.

Le confiant travail compte sur ses efforts.

Et l'avide patron que l'intérêt domine

Agit sur l'ouvrier qui devient sa machine.

Mais, par leur union l'on voit en ces moments

S'élever sur tous lieux des établissements

Où le prix des objets vient par son influence

Des inconstants désirs attirer l'affluence.

Par ces puissants moyens le détail agité

Se redresse et soutient l'âpre rivalité

L'échange est à bas prix, et l'esprit de faillite
Nivèle faiblement la part de réussite.
Or, des excès toujours naît la moralité.
Coopération ramène l'équité ;
Par elle du pays les couches dérivées
Arrivent lentement aux couches cultivées.
Le destin s'accomplit. Ces mouvements divers,
Imitant dans leur cours les faits de l'univers,
Attestent le combat contre le paupérisme
Qui longtemps a servi de force au despotisme.
A ceux qui sont voués aux soins les plus pesants
Il faut savoir compter les efforts épuisants.

L'homme exact n'est heureux que quand la paix est sûre;

Dans la production de diverse nature

Toujours de son labeur il recueille le fruit;

Si l'abondance accroît, le salaire la suit.

L'association, qui soutient son courage,

Vient affaiblir la grève, en règle l'arbitrage,

Sauvegarde ses droits, défend sa dignité

Et lui laisse le calme et la tranquillité.

De tout travail acquis la fertile conquête

Veut qu'à le conserver sans cesse l'on s'apprête.

De la fécondité pour assurer le cours,

Le commerce prépare un sûr et prompt secours.

Des nations il rend les intérêts prospères
En les fortifiant par des rapports sincères ;
Des affaires encor doublant l'activité,
Il désire fonder la solidarité
Et de tous les besoins se rattacher la vie.
Afin que du trafic la sage économie
Du prolétariat soit la virilité,
Et pénètre le fond de la société,
Il cherche à s'affranchir des tracas politiques
Par la communauté des projets pacifiques.
Le besoin augmentant avec l'invention
Qui vient fournir, presser la consommation,

Nous voyons affluer les produits similaires;
Afin de les livrer aux marchés tributaires,
La concurrence accourt sur toute nation;
Pour cueillir des profits dans l'immense rayon,
Il faut au libre échange un puissant outillage,
Ainsi qu'à la finance une gérance sage.

Science, art rédempteur! tes travaux bienfaisants
Ont éclairé l'esprit et mérité l'encens
Des hommes dévoués qui, vivant pour leurs frères,
Les ont soumis au frein des règles salutaires,
Qui par de bonnes lois les ont faits citoyens
Et par l'instruction leur ont donné des biens.

CHAPITRE III

Écarts de la civilisation par excès ou par défaut.

La socialité doit occuper sans cesse ;
A la passion doit se lier la sagesse.
Tout développement qui produit des succès,
Des moyens employés repousse les excès.
Il faut garder en tout l'immuable équilibre,
Et rappeler toujours, que dans un pays libre,
Des vives actions la multiplicité
Donne à leur résultante une stabilité.
Civilisation! de quel travail propice
Jouit l'esprit humain, quand tout est artifice,

Quand à peine ses soins comptent un lendemain?
De sa faiblesse extrême indice trop certain!
Après de grands efforts, il obtient la puissance,
Lorsqu'il sait de l'abus arrêter la licence;
Pour orner ses travaux du sceau de l'Éternel,
Il faut les entourer d'un soin continuel;
De l'esprit hasardeux, quel que soit le refuge,
Dans ses conceptions l'événement le juge;
En arbitre suprême il prise sa valeur,
Et lui donne la gloire ou creuse la douleur.
L'homme doit arrêter une base sensée
Lorsque sa main d'un corps revêt une pensée;

Il doit se défier de ces heureux hasards,

Qui toujours du travail expriment les écarts :

Les écarts sociaux annoncent le prodige,

Les écarts naturels, le bon sens les corrige.

C'est dans le minéral que ses savants efforts

Disposent avec art de multiples ressorts.

Ainsi, le minerai, base d'une machine,

De sa gangue est lavé sur le sol de la mine,

Et puis par le bocard en poudre trituré ;

Mis au creuset, fondu, d'un métal épuré

On voit couler le flot : ce minerai docile

Se mêle à d'éléments qui l'ont rendu ductile.

L'industrie, à son tour, agit tout autrement,
Lui fait dans sa teneur subir un changement.
L'invention décrit de son objet la forme ;
La chauffe l'assouplit, le marteau la transforme.
De l'outil que produit ce travail répété,
Un attentif essai démontre la bonté.
L'excès est repoussé par ce maître barbare
Dont les biens sont comptés avec un soin avare :
L'expérience. Hélas! de l'art industriel
Un produit imprévu vient distiller du fiel.
Le progrès ou répand la plaintive misère,
La mendicité blême et la douleur amère,

Ou du bonheur parfois relève les attraits,
Et l'on recueille alors les fruits de ses bienfaits.
La concurrence vient décider toute affaire
En juge souverain de la loi salutaire,
Elle offre des moyens, oppresseurs par leurs lots,
Et souvent moins aimés qu'un lourd surcroît d'impôts;
Ils éveillent en nous des efforts de prudence
Et deviennent plus tard source de l'abondance.
Cette gêne émanant de l'esprit inventeur,
Voit fleurir près du mal le bien réparateur,
Quand le pays chargé du soin de ses affaires
Approuve le budget, dispose des salaires.

Des institutions libres tout le secret
Réclame le grand jour ; leur principal effet
Est de développer et de mettre en lumière
De toute nation la force vive entière.
Il faut la stimuler, la soumettre au moteur
En lui donnant des lois pour frein modérateur.
Mais, que des bonnes mœurs ces lois soient l'assurance,
Tracent le beau sentier, règlent la tempérance :
Celles-ci produisant leur développement,
A l'ordre celles-là procurant l'aliment.
Que le discret pouvoir use de la sagesse
Et les fasse appliquer toujours avec largesse.

Le pays dévoué comprend son action
Et pour le soutenir émet la passion.
Souvent l'opinion dans le but à poursuivre
Pourra le précéder, il doit alors la suivre.
Si du corps social provient le mouvement,
Plus de doute à l'esprit! il vient du sentiment;
Mais, lorsque le pouvoir le produit et le donne,
C'est un vrai récepteur qui part et fonctionne.
L'intelligence en tout travaille sûrement;
Et la machine agit parfois bien follement.
On sait d'ailleurs, quelle est entr'eux la différence :
A la perfection l'engin sert l'apparence,

Dans l'ordre politique ou l'ordre industriel,
Ce fait, en général, est point essentiel;
Si les nombres jadis ont gouverné le monde,
Aujourd'hui le pouvoir des chiffes le féconde.
Le travail doit donner aux peuples la grandeur,
Dans l'activité seule apparaît leur splendeur;
Tels seront désormais les moyens en présence
Qui feront à chacun le degré de puissance;
Le fruit, l'utile effet de toute liberté
Des efforts opposés veut la neutralité
D'où la sagesse naît. Tout excès de culture
Prive de leur saveur les fruits, les dénature.

L'opinion toujours émet de nouveaux plans
Surveillés des pouvoirs et suivis à pas lents :
« Gouvernement de soi par soi, première lutte,
Bruit de guerre ou de paix tour à tour se culbute.., etc... »
Les vérités, au jour, peuvent les ébranler,
Mais, latentes, on voit les trônes s'écrouler.
Triste sort des pouvoirs ! à leurs élans louables
S'attachent des lichens, rebut de misérables.
Frappons les insolents, viles gens dont le cœur
Aux duretés unit le sentiment moqueur ;
Qu'ils restent avertis qu'une main invisible
Détruit au temps fixé tout élément nuisible.

Que dans ses fonctions le zèle cauteleux
Ne nous présente point des titres crapuleux.
Toute profession, quand elle est avouable,
Caractérise l'homme et le rend respectable.
De l'assoupissement la bête atrocité
Se change de nos jours en fausse probité,
Et des mortels hideux par excès de paresse
Joueront tout rôle abject qu'impose la bassesse;
Le mouchard par la faim feignant d'être atterré,
Sous l'habit hasardeux du forçat libéré
Demande du travail; l'œil dévoile l'astuce
Et de lui-même il prend le chemin de la Prusse.

Le zèle sans honneur et sans moralité,
La raison qui le juge, avec l'humanité
Le confronte ; et la main qui donne le salaire,
S'avilit en touchant cette main mercenaire
Qui reçoit le tribut de services affreux ;
Le mépris doit couler de tout cœur généreux.
Le cruel souvenir d'une injuste souffrance,
Compris des gens de bien, plaît à la conscience.

ABUS DES MOYENS SUR LES ÊTRES NATURELS.

De ces inventions que corrige à grands frais
Tout usage nouveau, l'homme prend les bienfaits.

La nature, à son tour, réclame la prudence
Pour l'être organisé mis sous sa dépendance
Et lui fait sur ce point payer plus chèrement
Ses excès; elle vient frapper son aliment :
Oui, telle est la leçon. L'art, par calcul extrême,
Des êtres naturels altère le système.
Leur masse et leur volume, en devenant plus forts,
Obéissent toujours à de constants efforts
Qui sont développés avec grand artifice;
Le lucre est satisfait. Le but est-il propice?
Par ces larges produits lentement obtenus,
Le principe important se perd de plus en plus;

Le volume affaiblit la qualité vitale;
La reproduction cesse d'être normale;
Et ces soins assidus avec tout leur éclat
Donnent à l'être humain un fâcheux résultat.
De ces produits nouveaux quelle est la conséquence?
Pour l'aliment du corps, excessive abondance.
L'homme heureux, savourant la vie avec lenteur,
Se livre à ce moyen par trop réparateur;
Mais des goûts lassés naît l'impuissance physique;
La lymphe scrofuleuse en son être organique
Répand son action; le désordre qui suit,
De périlleux assauts vivement le poursuit.

Au physique, au moral on voit toujours les vices
Voiler l'humanité de tous leurs artifices.
Le possesseur hardi nous présente l'excès,
L'ouvrier le défaut qui retient les méfaits.
L'un à ses passions donne le train splendide,
Mais de l'esprit vital l'épuisement rapide
Vient arrêter l'élan ; surtout le libertin,
Des excès, le premier, doit subir le venin ;
La molle oisiveté, trop large subsistance
Hâtent du corps humain la dégénérescence,
Le descendant direct du mal toujours atteint,
Est frappé dans son sang et la race s'éteint.

Et l'autre, spectateur de l'abondante vie,
Saisit l'occasion de débauche ou d'orgie
Qui lui fait oublier la gêne d'un moment
Où sa condition change fortuitement.
Peu vêtu, mal nourri, cassé dès l'âge adulte,
De sa vie aisément l'extinction résulte
De la débilité de son tempérament,
Qui toujours déréglé doit céder forcément
Au plus léger assaut que fait la maladie;
La génération s'enfuit, toujours grandie
En pauvres rejetons arrivant tristement,
Marchant plus vite encore au dépérissement.

Comptant sur ses efforts et plein de diligence,

L'homme à ses grands moyens soumet l'intelligence.

De son semblable il prend l'organisation

Et veut de son esprit fixer la fonction.

Mais secondant d'un sens largement la puissance,

Répond à ses efforts la folle exubérance

Qui frappe gravement les autres facultés;

Des organes alors restent débilités :

Car, c'est le fonds commun qui fait cette dépense,

Et l'ensemble de l'être accuse l'indigence.

Des hommes éminents que nous nommons aïeux,

L'illustre rejeton est bien rare à nos yeux!

Où tendent ses efforts? il cueille le vertige.
Que devient le génie avec l'homme prodige?
Le génie est un don que Dieu fait à l'esprit
Qui lui plaît, pour asseoir les bornes qu'il prescrit.
A cet arrêt fatal l'homme doit se soumettre.
Inutile pour lui de vouloir le transmettre.
Donc l'excès ruineux pour la longévité
Mène à l'extinction; dans la propriété,
L'exemple est plus frappant. Car le besoin de vivre,
L'expropriation, de nos jours vient poursuivre
L'héritage pieux de sa fatalité;
L'inviolable cède à l'instabilité.

Adorons la Nature; à cette souveraine
Il faut nous incliner; sa loi seule est certaine.
Elle ne permet pas que l'être organisé
Par l'homme en ses moyens soit jamais épuisé;
La base du sujet, primitive, normale
Doit être le soutien de la force vitale.
Car, des réactions les inertes langueurs
Dénotent et le mal et ses froides rigueurs.

IMPRÉVU NATUREL ET POLITIQUE.

Suivant de l'imprévu la diverse influence,
L'œuvre matérielle affirme sa puissance;

L'aveugle sort toujours en dirige les traits,
Et le mécompte arrive à saper nos projets :
C'est tantôt de la terre une aride verdure
Qui révèle des champs l'infertile culture ;
Tantôt, en la privant de sa fécondité,
Les eaux mettent à nu sa triste nudité.
Dans l'œuvre politique, à ses lois générales
S'accrochent des chardons, erreurs toujours fatales.
Or, toute loi conjoint les bons renseignements
Aux révolutions, aux avertissements.
Que voit-on en justice? à toute erreur commise,
Le juge surhumain ne veut pas d'analyse.

N'est-il pas au-dessus du verdict d'un jury ?
De son erreur toujours la morale est l'abri.
Dans le gouvernement, la dépense prévue,
Menée avec rigueur, voit la recette accrue;
Si l'extraordinaire aggrave les budgets,
L'impôt vient signaler ce déplorable excès;
Le travail fécondant délaisse l'entreprise ;
Car la crainte l'agite ou le démoralise.
Dans les élections, le conseil indiscret
Au vote souverain doit laisser le secret;
Hé! faire prévaloir l'opinion publique
C'est aimer son pays, l'unité politique;

Vouloir la diriger est un excès cruel
Qui blesse dans son droit l'intérêt mutuel;
Son droit est liberté, l'intérêt est sa gloire:
Souvent la liberté pousse un cri de victoire.
Oui, brillera le jour où le droit respecté
De penser, d'enseigner en toute sûreté,
Saura du sens moral conserver la noblesse;
Où tous enseignements pourront avec largesse
Corriger leurs défauts sans courir de danger,
Et simultanément entr'eux se partager;
Où la raison verra la morale tardive
Adopter le sentier que le vrai seul ravive.

En attendant, l'excès doit être rejeté
Pour le bien des esprits et leur honnêteté.

CONCURRENCE, MONOPOLE.

Signalons les abus qu'accroît la concurrence,
Quand des sociétés s'étale l'opulence.
De nos aïeux la vie offrait un faible éclat;
Un long travail donnait un petit résultat;
L'épargne était son fruit. Aujourd'hui plus coûteuse,
Les jeux de bourse encor la rendent fastueuse.
Les courses du cheval sont des abus nouveaux;
L'élevage entretient des paris immoraux.

Ce luxe scandaleux peut-il être propice,

Quand la base s'assoit sur le seul artifice?

Il fait germer pour tous du blâme la douleur,

Soit pour le fortuné, soit pour le travailleur.

Quel est l'homme rangé qui n'ait été victime

D'une concession où se trouvait l'abîme?

Quel esprit a perdu le fâcheux souvenir

Des abus profitant aux chercheurs d'avenir,

Des abus dits jetons de présence fictive

Qui vont rémunérer leur voix improductive?

Le pays, confiant dans sa crédulité,

Par des spéculateurs est encore agité.

La spéculation marche dans le silence,

Naît, s'accroît et produit venin et pestilence;

Couvrant tous les trafics de son activité,

Elle répand les flots de la fécondité.

Déviant de son but, l'utilité publique,

C'est aux primes, au jeu que son ardeur s'applique :

Pendant les jours heureux elle prend les profits,

Dans la crise au public laisse les déficits.

L'association du travail est la mine,

La spéculation entraîne sa ruine.

De cette assertion un fait est le garant :

L'action d'un chemin prise par un gérant

Est de cinquante francs ; la fusion émise,
Il la revend huit cents. Or, après analyse,
Le gérant pour son compte arrive aux millions.
La compagnie audit adjoint des portions ;
En plus, paye au gérant de très-chères avances
Pour soldes importants, pressantes exigences.
De répondre à ce fait on a la liberté;
On garde le silence. Où donc la dignité?
Des millions acquis d'un mode inavouable
Signalent à jamais le nom de l'honorable;
Quel que soit le niveau de sa prospérité,
Le mépris du fait passe à la postérité.

La concentration à l'ordre économique
Est funeste d'ailleurs; car ce système implique
Que l'homme intelligent, quel que soit son effort,
Doit tôt ou tard céder aux volontés du sort.

EFFET DE L'INSTRUCTION DANS UNE CRISE.

L'instruction venant de source libérale,
Donne au corps social cette force morale
Qui produit à la fois le bien, le sentiment,
Et surtout l'énergie en le cruel tourment.
La souffrance allanguit, la crise est passagère.
Il sort victorieux du sein de la misère;

Par les opinions, de la prospérité
Il prévoit le retour puissant et souhaité.
Le régime nouveau de son esprit le maître,
Remet la confiance, et l'espoir la fait naître;
Au développement du progrès social
Il vient porter l'accord, bien-être général.
Le libre échange unit des frontières la place;
C'est ce sillon de paix, le rail qui les efface;
Et dans les changements qui frappent la cité,
Il soutient le mortel et sa virilité;
L'industrie à son tour balance ses ruines,
Elle a toujours matière à livrer aux machines.

Du dernier imprévu l'effet peut s'estimer :

Dans la crise on a vu des plaintes se former

Et de tous les côtés vivement se produire.

Mais les communs efforts, liés pour la réduire,

Ont vaillamment lutté ; le travail reparaît

Et la crise s'éloigne et le calme renaît.

La confiance, allant par bonds après l'ouvrage,

Vient toujours du revers nous présenter l'image.

Donc entre nations la solidarité

Est virtuellement la paix, la sûreté.

Les intérêts humains, fiers de leur convergence,

A tout gouvernement posent cette exigence.

LIMITES SOCIALES.

Du mortel les essais qui sont ambitieux,
Par le destin jaloux sont détruits sous ses yeux.
Et la mère commune, en son dédain barbare,
A ses plaintes encor fermant son cœur avare,
Vient suspendre un moment tous les ressorts moraux
Des rapports naturels comme des sociaux,
Le ramener toujours au sein des lois normales,
Et corriger souvent ses fautes principales.
La source de la vie et son accroissement,
Ces fixes attributs marquent distinctement
Qu'à l'homme il ne sied point de tenter l'impossible
Et qu'il doit obéir à son droit inflexible;

Elle diffère en tout de l'état social.

De son être tel est le point fondamental.

La perpétuité rend sa puissance éternelle,

De raviver l'humain les moyens sont en elle,

Et quand cela lui plaît, avec impunité

Elle foule les lois de la société,

Afin d'en relever la séve généreuse

Qui devra reformer l'espèce vigoureuse.

Des siennes tout dépend; et le règne animal

Suit les rapports communs au règne végétal;

Elle reprend ses droits dont l'homme en sa folie

S'empare et constamment dans ses devoirs s'oublie.

En vain, l'individu veut se perpétuer ;

C'est l'œuvre de son Dieu qu'il doit continuer ;

C'est sur l'humanité qu'il doit veiller sans cesse ;

Voilà son but. A quoi sert d'un nom la noblesse,

Puisque des descendants disparaît le foyer ?

C'est la seule vertu qu'il doit glorifier.

Ainsi le roi de Prusse en retour sur lui-même,

Libre du droit divin, voulant son diadème,

Et du droit libéral heureux de le parer,

De l'amour du pays aspire à s'entourer.

Aimer les citoyens, être leur espérance,

C'est le plus beau des biens que donne la puissance.

L'Éternel ne veut pas qu'on défende ses droits.

Pour alléger nos maux unissons tous nos voix.

Servir Dieu, l'honorer c'est aider son semblable;

C'est verser dans son cœur le calme secourable.

Faire ici-bas le bien, c'est le sort du mortel.

CHAPITRE IV

Solidarité humaine.

L'esprit nouveau témoigne un esprit fraternel

Par la réflexion comme par l'espérance,

Des riches, des petits véritable opulence.

En lui vit le travail, loi de l'humanité,
Qui grandit sa puissance et sa moralité;
C'est de l'homme ici-bas le bienfaisant partage,
Des mortels assemblés c'est le commun rivage.
Il fleurit dans les lieux où l'on trouve la paix;
L'air de la liberté ne l'épuise jamais.
Il rend la vie aisée et souvent bienheureuse;
Et le pays où croit la séve vigoureuse
De la démocratie et de la liberté
Voit naître pas à pas la solidarité,
Et rarement sortir du but économique,
L'union sociale et l'accord politique.

Le vrai patriotisme à l'élan fraternel,
Doit de l'humanité par un soin personnel
Rechercher le bonheur, accroître ses ressources,
De la production faire jaillir les sources;
L'intérêt est commun. Par les bons entretiens
Naissent les sentiments, des peuples les liens.

Suffrage universel! ô souverain moderne
Des droits et des devoirs libérale gouverne!
Les peuples sont unis par les religions,
Les sciences, les arts et les inventions:
La solidarité dissipe les alarmes,
La liberté ne fait jamais verser des larmes.

L'idée en tout vient luire aux débats engagés,
La franche urbanité briser les préjugés.
La prière isolée à l'âme est suffisante,
La prière en commun est seule bienfaisante.
La richesse du sol, l'homme peut l'occuper,
La pensée a devoir de le préoccuper;
L'association sera sa délivrance;
La mutuelle estime accroîtra sa puissance.
Respectons le passé; mais, surtout de la paix
Qui rend la confiance, honorons les bienfaits;
Cimentons son autel, malheureux que nous sommes!
Si l'effroi de la guerre, horrible moisson d'hommes,

N'éteint pas le travail, il viendra l'affaiblir,
Et demander l'emprunt qui doit le rétablir.

Que recherche d'abord le pouvoir militaire?
La domination, sa principale affaire.
Et l'on voit s'effacer les fâcheux embarras
Que tout gouvernement rencontre sous ses pas.
Toute société comme noblesse humaine
Perd sa digne valeur, devient poussière vaine.
La conquête alors joint à la propriété
Le titre productif de féodalité;
Droit divin vient régler le droit de dynastie;
Humaine égalité veut la démocratie.

Le despotisme creuse un rapide courant;
Mais de la liberté le flot persévérant
Trace un sillon plus large; il doit lutter sans cesse;
L'ignorance est le mal, des esprits la faiblesse.
Le travail est son lot : tel est l'arrêt divin.
L'amour dans le devoir n'aura jamais de fin.
Ses titres ne sont pas : humanité tronquée,
Noble possession dans le sang extorquée.
La prudente industrie, acclamant un combat,
Pourra de toute idée affronter le débat,
Déployant au grand jour de la pompe civique
De son invention le produit mécanique.

Cet élan fraternel, que guide le bonheur,
Du noble citoyen fera battre le cœur;
Et désormais, les deuils entourés de tristesse,
Ne viendront de la fête attiédir l'allégresse.
De ces biens enlevés dans la destruction
Le citoyen alors n'a plus l'ambition;
Dans ces nouvelles mœurs, la froide rhétorique
Cesse de disserter sur un fait héroïque.
L'or, qui des armements est toujours le fauteur,
De l'homme intelligent sera le serviteur;
Il vient atténuer la misère profonde,
A la terre appliquer la culture féconde,

Maintenir du travail la souveraineté
Et faire progresser la citoyenneté.
Oui, proclamons la paix ; ses armes séduisantes
Brisent des nations les entraves pesantes.
La confiance en Dieu, qui nous rend triomphants,
Nous admet noblement au rang de ses enfants.
La lutte, en nous montrant de la paix la carrière,
De la liberté trace une vive lumière,
Eveille notre force, excite notre ardeur,
Anime la vertu, véritable grandeur.

Liberté du commerce enlève toute entrave,
Soulage les malheurs que la disette aggrave,

Du fâcheux imprévu sert la nécessité
En ramenant le calme et la félicité.
Elle ne peut pourtant éviter une crise;
Mais elle l'amoindrit, elle la paralyse.
Pour que les nations, à pas mieux assurés,
Montent de l'union sûrement les degrés,
Des institutions elle offre la balance
Et des instincts, des mœurs, des goûts la différence.
Pour les besoins communs la solidarité
Produit la confiance et la tranquillité;
Règle les intérêts par des avis sincères,
D'une crise adoucit les douleurs passagères;

Et les esprits, jaloux de leurs droits éclaircis,
De la dignité d'homme en même temps épris,
Activent les travaux, étendent l'industrie
Qu'un nouvel outillage avec soin approprie,
Pleinement convaincus qu'un courageux labeur
Fait la virilité qui relève le cœur.
La fabrication du citoyen aimée
Développe toujours une haleine embaumée,
Si de produits surtout le fertile inventeur
D'un procédé nouveau peut devenir l'auteur.
Elle accroît et répand les produits, les salaires,
Donne au consommateur des retours salutaires;

Chacun pour le désir croit être le premier
Du succès confortable à suivre le sentier.
La féconde industrie et l'âpre politique,
Empruntant les secours de la saine logique,
Dont les soins attentifs repoussent sagement
Les avis présentés par un faux jugement,
Veulent des nations l'entière confiance
Et pour de longs efforts la rare patience,
Éveillent dans les cœurs le désir glorieux
Et l'émulation, travail laborieux.
Au monde intelligent il faut la résistance,
Au monde industriel une grande constance,

L'énergie à tous deux comme la volonté
Pour l'aplanissement de l'obstacle indompté.
  Dans les droits relatifs compte le libre échange;
Ce nouvel appelé de lui-même s'y range;
Aux libertés revient la solidarité.
Toute innovation frappe l'humanité;
Dans les nombreux effets de la douleur amère
Le chagrin élevé grandit le caractère.
Les peuples sont tenus de prévoir les débats,
De veiller constamment, d'être prêts aux combats
Pour l'affranchissement des misères affreuses;
Des maux immérités les causes sont nombreuses:

Que de les surmonter ils n'aient pas le pouvoir,

De résister à tous incombe le devoir.

Les luttes ici-bas resteront éternelles,

Dans l'intérêt de tous luttes universelles,

Que le travail actif maintient de toutes parts

Et qu'engendrent toujours la science et les arts.

Les applications en seront l'origine,

C'est aux besoins humains que l'esprit les destine.

Mais les armes alors sont les opinions,

Et les champs de combat, les expositions;

Les palmes du vainqueur prônent les découvertes,

Et par l'utilité les routes sont ouvertes

A l'amour, au bonheur de la société
Qui marche fièrement vers le but souhaité;
La concorde à son tour, dont l'esprit se féconde,
De la virilité rend l'empreinte profonde.
Le culte de la paix, de l'ordre le maintien
Des splendeurs du travail sont le premier lien,
Du travail! des esprits la loi vivifiante,
Nourriture à la fois délectable, opulente.
Ces courants vont pousser l'humaine activité,
Lui donner le bien-être et la sérénité,
Doctrines à la fois qui, des États l'armure,
De toute liberté sont l'infaillible augure.

Ces principes d'accord, dont les germes heureux
Viennent de notre cœur entretenir les feux,
A l'homme rappelant la vertu, la sagesse,
Font sa prospérité, sa grandeur, sa noblesse;
Dieu pour les appliquer les a mis dans son cœur.
C'est à lui de marcher au but générateur:
Quand la paix unira d'Europe les patries
Ses peuples du progrès prendront les armoiries :
Sa politique assoit l'association,
La solidarité, la fédération.